DIALOGUES

EN VERS

pour

PENSIONNATS OU CONGRÉGATIONS

De Jeunes Demoiselles,

Par l'abbé E. GONNET.

1er CAHIER.

I. Euphémie ou le Compliment improvisé.
II. Eugénie ou le Zèle victorieux.

AVIGNON,

LIBRAIRIE DE CAILLAT-BELHOMME, ÉDITEUR,

Rue Saunerie, 15.

1858,

— PROPRIÉTÉ DE L'ÉDITEUR. —

APPROBATION.

Avignon , le 20 juillet 1858.

L'ARCHEVÊQUE D'AVIGNON ,

Vu le rapport que lui a fait un des membres de la Commission chargée de l'examen des livres dans son diocèse,

Déclare que les *Dialogues* de M. l'abbé E. GONNET ne contiennent rien de contraire à la doctrine catholique et qu'ils méritent sous le rapport du fond et de la forme des félicitations et des encouragements.

† J. M. M. , *archevêque d'Avignon.*

AVIGNON , IMPRIMERIE DE JACQUET, RUE ST-MARC, 22.

I.

EUPHÉMIE

OU

Le Compliment improvisé.

1858

PERSONNAGES.

Euphémie.

Paula.

Julienne.

EUPHÉMIE

ou

Le Compliment improvisé.

SCÈNE Ire

EUPHÉMIE, PAULA.

EUPHÉMIE.

Oui, depuis ce matin, il me semble, à te voir,
Que tes yeux pétillants brillent d'un doux espoir.
Dis-moi, chère Paula, quelle cause inconnue
Soudain a relevé cette grâce ingénue
Qui ne te quitte point.

PAULA.

Tu m'étonnes, ma sœur ;
Ou toi-même tu veux me cacher ton bonheur.
Quoi ! tu n'éprouves pas la plus vive allégresse ?
Euphémie, et ton cœur....

EUPHÉMIE.

Non, non, rien ne l'oppresse.
D'ailleurs, aux noirs soucis l'on interdit ces bords ;
Mais ma joie est bien loin d'égaler tes transports.

PAULA.

Comment donc ? Si la joie est ton heureux partage,
Elle doit en ce jour éclater davantage.

EUPHÉMIE.

De grâce, explique-toi.

PAULA.

Ma chère, ignores-tu

Que nos cœurs désormais ont assez attendu ?

Et que notre Pasteur, notre Père si tendre....

EUPHÉMIE.

Que dis-tu ? Monseigneur.....

PAULA.

Ici daigne se rendre.

EUPHÉMIE.

Bien sûr? oh ! quel bonheur !

PAULA.

Oui, pour nous contenter,

Sa Grandeur, à la fin, veut bien nous visiter.

EUPHÉMIE.

C'est vrai : depuis long-temps, notre timide enfance

Aspirait à jouir de sa douce présence.

PAULA.

Et Dieu seul connaissait l'impatiente ardeur

Des soupirs enflammés qu'exhalait notre cœur.

EUPHÉMIE.

Je ne m'étonne plus si ta joie est si vive.

Mais pourquoi ta nouvelle est-elle si tardive ?

Car, tu sais qu'il nous faut dignement accueillir

Celui dont le nom seul fait toujours tressaillir.

Le dirai-je?.... Je crains de voir arriver l'heure

Où son pied doit toucher cette sainte demeure.

Et c'est en ce jour même ?

PAULA.

Oui, c'est en ce beau jour
Que le ciel a voulu nous marquer son amour.

EUPHÉMIE.

L'heure ?

PAULA.

Je n'en sais rien. *(Apercevant Julienne.)*
Mais voici Julienne.
Elle court : on dirait qu'elle va perdre haleine.
Que nous apporte-t-elle ?

SCÈNE II.

LES MÊMES ET JULIENNE.

JULIENNE , *comme essoufflée.*

Euphémie ! Eh ! Paula !

PAULA.

Qu'est-ce donc ?

JULIENNE.

Monseigneur !

EUPHÉMIE.

Il approche?

JULIENNE.

Il est là.

EUPHÉMIE.

O mon Dieu !

JULIENNE , *à Euphémie.*

Ne crains rien. Va, c'est la bonté même.
Comme on nous l'avait dit, en le voyant, on l'aime ;
Et , loin de redouter l'approche de ses pas ,
On irait volontiers se jeter dans ses bras.

EUPHÉMIE.

Ah ! puisqu'il est si bon, mon âme se rassure.

JULIENNE.

Notre félicité ne serait pas bien pure ,
Si la crainte pouvait s'y mêler un moment.

PAULA.

Ce n'est pas tout : il faut encore un compliment.
Qu'en dis-tu , Julienne ? Et toi, chère Euphémie ?

JULIENNE.

Sans doute.

EUPHÉMIE.

C'est très-juste.

PAULA , *à Euphémie.*

Eh ! bien , ma bonne amie,
Sache que pour ce soin je m'en rapporte à toi.
Mon choix est fait.

EUPHÉMIE , *avec modestie.*

Non , non.

JULIENNE.

Je le confirme.

EUPHÉMIE.

En quoi

Ai-je donc mérité cette marque d'estime ?

JULIENNE.

C'est le vœu de nos sœurs. D'une voix unanime
Elles t'ont désignée.

EUPHÉMIE.

Allons, je vous en crois ;
Et puissé-je, à mon tour, justifier ce choix !

JULIENNE.

Mais que vas-tu nous dire ?

EUPHÉMIE.

Il faut bien que j'y pense.

PAULA.

Quand on parle du cœur, on parle d'abondance.

EUPHÉMIE.

O ciel, en ce moment daigne inspirer mon cœur !

JULIENNE.

Le temps presse, allons donc !

EUPHÉMIE.

M'y voici :

Monseigneur,

D'où nous vient ce beau privilége
De vous approcher de si près ?
Nous pouvons contempler vos traits
Dans l'asile qui nous protége.

C'est un effet de votre amour
Qui jusqu'à nous daigne descendre.
Soyez béni , Père si tendre ,
Soyez béni dans ce saint jour !

On dit que notre divin Maître
Aimait bien les petits enfants :
Cet ami de nos jeunes ans
En vous nous le voyons renaître.

Ce lieu si cher à notre cœur
Allait célébrer une fête :
Mais pouvait-elle être complète
Sans la présence du Pasteur ?

Dans cette pieuse retraite
Au ciel nous adressions des vœux :
Vous pouviez faire des heureux
En y montrant votre houlette.

Vous paraissez : et notre front
De joie aussitôt se colore ,
Ainsi qu'à l'aspect de l'aurore
Se dore la cime du mont.

Vous paraissez : et l'on se presse
Pour avoir part à vos faveurs.

Vous paraissez : et tous les cœurs
Nagent dans une sainte ivresse.

Ah ! pour tant de bienfaits si doux ,
O Père rempli de tendresse,
Nos cœurs vous aimeront sans cesse ,
Heureux s'ils sont dignes de vous !

JULIENNE.

Comme c'est bien parler ! Ah ! que rien ne t'arrête :
Tu seras , je le vois , notre digne interprête.

EUPHÉMIE.

Vous croyez ?

JULIENNE.

Euphémie , à ta voix , je sentais
S'élever de mon cœur les vœux que tu formais.
Va , notre bon Pasteur ne pourra que sourire
À ces beaux sentiments que sa présence inspire.

EUPHÉMIE.

Et puis , je lui dirai qu'il daigne nous bénir :
N'est-ce pas , chères sœurs ?

PAULA.

Tu ne peux mieux finir
Qu'en implorant pour nous cette faveur nouvelle
Que je vois découler de sa main paternelle.

JULIENNE.

Allons donc, sans tarder , au plus cher des Pasteurs !
Allons lui présenter l'hommage de nos cœurs !

FIN.

II.

POUR LA SAINTE-ENFANCE.

EUGÉNIE

OU

Le Zèle victorieux.

PERSONNAGES.

EUGÉNIE , agrégée à la Sainte-Enfance,

ANNA , enfant de la première communion.

LOUISE , maîtresse de chœur.

CHORISTES , au nombre de neuf.

L'ANGE de la Sainte-Enfance.

EUGÉNIE

OU

Le zèle victorieux.

SCÈNE Ire.

EUGÉNIE , ANNA.

EUGÉNIE.

Eh ! bien donc , chère Anna , tu te rends aujourd'hui?
Pour notre Sainte-Enfance, oh ! quel beau jour a lui !
Laisse que je t'inscrive....

ANNA.

Eugénie , à mon âge ,
On ne me verra point faire un enfantillage.
Songe que j'ai douze ans.

EUGÉNIE.

Et moi , douze ans passés.
Et pourtant je suis loin de dire : c'est assez.
Et je ne suis pas seule : il en est beaucoup d'autres
Qui se font un honneur d'être toujours des nôtres.
J'étais *Associée* , avant le jour heureux
Où Jésus vint remplir le plus doux de mes vœux :
Depuis , j'ai dû changer de titre et non d'idée.

ANNA.

Ton titre est?....

ÉUGÉNIE.

Agrégée. Allons ! sois décidée.

ANNA.

C'est l'œuvre des enfants : ou , si , comme tu dis ,
Je puis être agrégée , écoute un bon avis.
Par ton zèle indiscret pour cette œuvre nouvelle,
Tu vas nuire aux progrès d'une œuvre encor plus belle.

EUGÉNIE.

La Propagation?

ANNA.

De la Foi : t'y voilà.

EUGÉNIE.

Nous faisons du chemin : tant mieux ! j'aime cela.
Tu n'es plus trop âgée ainsi que tout-à-l'heure ?
Ta seconde raison sera-t-elle meilleure?
Elle prend, je le vois , un air très-sérieux.
Mais , quand on l'examine ét qu'on la juge mieux ,
On reconnaît bientôt que c'est l'indifférence
Qui cherche à se parer des traits de la prudence.

ANNA.

Il faudrait le prouver.

EUGÉNIE.

Loin de nuire aux progrès
De l'œuvre qui naquit sur le sol Lyonnais ,
La Sainte-Enfance vient , comme une sœur puînée ,
Embellir de sa sœur la noble destinée.

ANNA.

La Propagation ne refuse aucun soin

Aux petits comme aux grands, quand ils en ont besoin.

EUGÉNIE.

Oui, mais, en se vouant à cette classe unique
Que décime à toute heure une coutume inique,
La Sainte-Enfance ajoute aux admirables fruits
Que son illustre sœur avant elle a produits.
Des enfants rachetés qui nous dira le nombre ?
Par l'eau régénérés, les uns croissent à l'ombre
De monuments pieux, nommés Orphelinats ;
Les autres, glorieux d'un précoce trépas,
S'en vont peupler le ciel de myriades d'anges
Et chanter au Très-Haut des hymnes de louanges.

ANNA.

Tu fais de l'éloquence.

EUGÉNIE.

                    Et qui n'en ferait pas
En voyant susciter d'injustes embarras
A cette œuvre si belle et si compatissante ?
Du peu que l'enfant donne il faut qu'on se contente.
Quand il aura pris goût à faire des heureux
Vous le verrez sans peine accéder à vos vœux.
Attendez *vingt-un ans*. Ses ressources plus grandes
Lui permettent enfin de grossir ses offrandes.
On lui déclare alors qu'il va perdre à la fois
Son titre d'agrégé comme aussi tous ses droits,
S'il n'accepte à l'instant, pour étouffer la plainte,
D'embrasser les deux sœurs dans une même étreinte.

ANNA.

C'est très-bien.

(On commence à chanter dans la pièce voisine.)

Mais qu'entends-je? Oh! les touchants accords!

EUGÉNIE.

Bon : c'est le chœur qui vient seconder mes efforts.

(ANNA et EUGÉNIE *écoutent chanter. Vers la fin du morceau, neuf choristes arrivent sur la scène, à la suite de leur maîtresse de chœur.)*

SCÈNE II.

LES MÊMES, LOUISE ET LES CHORISTES.

ANNA , *à Louise.*

Nous avons entendu votre brillant cantique.

LOUISE.

Et puis, qu'en pensez-vous ?

ANNA.

L'air en est magnifique.

LOUISE.

Aussi, j'espère bien me distinguer ce soir.

EUGÉNIE.

Louise, en fait de chant, on connaît ton savoir.

Mais qu'as-tu préparé pour notre Sainte-Enfance ?

C'est que nous attendons un morceau d'éloquence....

Nous en avons besoin : depuis un bon moment ,
(Qui l'aurait dit d'Anna ?) je prêche vainement.

LOUISE.

Cette œuvre a, pour ma part , toutes mes sympathies.
Je lui réserve un chant....:

EUGÉNIE , *aux choristes.*

    Et vous , enfants chéries,
Vous l'aimez , n'est-ce pas ? L'Association
Bientôt sur son registre inscrira votre nom ?

UNE CHORISTE.

J'y serai.

UNE AUTRE CHORISTE.

  Moi , j'y suis. Mais , à présent , j'ignore
Si ma mère voudra que j'y demeure encore.

EUGÉNIE.

Pourquoi ?

LA 2e CHORISTE.

  Ce matin même , à son divin banquet ,
Pour la première fois Jésus me conviait.

EUGÉNIE.

Tu n'auras rien à perdre en étant agrégée.
Qu'en dis-tu , chère Anna? N'es-tu donc pas changée ?

ANNA.

Je crois que , sans risquer de passer pour enfant ,
Je puis être agrégée.

EUGÉNIE.

  Ah ! que c'est consolant !

ANNA.

Mais dois-je à mes parents imposer cette aumône ?

EUGÉNIE, *avec surprise.*

Tiens !

ANNA.

Que de frais déjà je leur occasionne !

EUGÉNIE.

Encore un vain prétexte ? Ah ! combien de soupirs ,
Avec le seul argent de tes menus plaisirs ,
Tu pourrais épargner aux enfants de la Chine !
Sans être riches , va , fort bien je m'imagine
Que nous pourrions donner de notre propre fonds ;
Mais nous voulons avoir des joujoux , des bonbons.
Ah ! je le disais bien : oui , c'est l'indifférence
Qui cherche à se parer des traits de la prudence.
 (A Louise.)
Louise , à mon secours !....

(Louise semble ne pas la comprendre.)

Quel silence mortel !
On se tait sur la terre , adressons-nous au ciel.

(Eugénie tombe à genoux.)

Bel ange, protecteur de cette œuvre sublime
Pour laquelle mon cœur d'un saint zèle s'anime ,
Oh ! daigne en ce moment me prêter ton appui !

(On frappe à la porte.)

LOUISE.

Quelqu'un frappe.

EUGÉNIE.

Ouvrez-donc. Grand Dieu ! si c'était Lui.

ANNA, *s'avançant vers la porte qui s'ouvre d'elle-même.*

Je suis perdue, ô ciel !

EUGÉNIE.

Qu'as-tu vu ?

ANNA.

C'est un ange.

TOUTES, *en tombant à genoux.*

Mon Dieu ! quelle frayeur !

SCÈNE III.

LES MÊMES ET L'ANGE DE LA Ste-ENFANCE,
tenant à la main une couronne et un album.

L'ANGE.

Jeunes enfants, qu'entends-je ?
Relevez-vous. *(On se relève.)*
       Je suis un ange du Seigneur ;
Et vous, n'êtes-vous pas des anges par le cœur ?
Si je suis votre frère, et si le ciel m'envoie,
Laissez sur votre front s'épanouir la joie.
A peine revenu du terrestre séjour,
J'offrais à l'Éternel un enfant (fleur d'un jour),
Quand Jéhova m'a dit : « Redescends sur la terre :
« Va chercher des amis à ton œuvre si chère. »

EUGÉNIE, *avec un air de satisfaction.*

La Sainte-Enfance ?

L'ANGE.

Bien : je suis déjà compris.

Aussi prompt que l'éclair, à l'instant j'ai repris,
Sur l'ordre de mon Dieu, mes éclatantes ailes :
Je m'élance soudain des voûtes éternelles.
Je viens à vous d'abord, sûr d'avoir bon accueil.
Car, un ange m'a dit avec un saint orgueil :
« Il est dans Avignon de charitables âmes
» Que dévore en secret la plus pure des flammes :
» Telle est la jeune enfant dont je suis le gardien.
» Eugénie est son nom : elle le porte bien.
» Depuis que les Chinois ont ému son cœur tendre,
» Il n'est rien que pour eux elle n'ose entreprendre.
» Mais, hélas ! le succès ne la suit pas toujours :
» C'est de toi qu'elle attend un généreux secours. »
Ta prière, Eugénie, à mon cœur a su plaire.
Non, tout n'est pas perdu : travaille, mais espère.
Et d'abord, ô ma sœur, accepte de ma main
Cet encouragement à l'amour du prochain.

(L'ange couronne Eugénie.)

EUGÉNIE.

Merci ! bel ange. Ton visage
Éblouit par ses traits vermeils ;
Mais la douceur de ton langage
Va faire goûter mes conseils.

L'ANGE.

J'espère bien que si je plaide
En faveur des petits Chinois,

Tu verras venir à ton aide
Ces compagnes que j'aperçois.

UNE 3e CHORISTE.

Est-il vrai que, loin de leur mère,
Ils ont mille morts à souffrir,
S'ils n'ont le bonheur de lui plaire
Quand leurs yeux viennent à s'ouvrir?

L'ANGE.

Oui, tandis que l'on environne
De tant de soins votre berceau,
Leur mère, hélas! les abandonne,
Ou devient leur propre bourreau.

UNE 4e CHORISTE.

Autant l'exécuteur du crime
Fait naître en moi d'aversion,
Autant l'innocente victime
M'inspire de compassion.

L'ANGE.

S'ils avaient du moins le baptême,
Ils seraient admis dans le ciel,
Témoin l'enfant qu'aujourd'hui même
J'ai porté devant l'Éternel.

UNE 5e CHORISTE.

Mais, bel ange, que faut-il faire
Pour sauver ces pauvres petits?
Faut-il, pour leur servir de mère,
Voler vers ce lointain pays?

L'ANGE.

Calme-toi : le Missionnaire
Que rien au monde ne retient
Doit mettre fin à leur misère ,
Si ta charité le soutient.

UNE 6ᵉ CHORISTE.

Eh ! quoi ! c'est assez d'une aumône ?

L'ANGE.

Et d'une prière au bon Dieu.

LA 6ᵉ CHORISTE.

Dis-moi vite ce que l'on donne,

L'ANGE.

Un sou par mois.

LA 6ᵉ CHORISTE.

Oh ! c'est bien peu,

EUGÉNIE.

Qu'est-ce qu'un sou par mois? On peut bien y suffire,

ANNA.

Oui, c'est vrai , je l'avoue.

L'ANGE,

Eh ! bien , qui veut souscrire?

TOUTES,

Moi ! moi ! bel ange.

L'ANGE,

Bon : vive la charité !
J'aime à voir ce combat de générosité.
Enfants , vous me prouvez que les faveurs insignes
Dont vous êtes l'objet tombent sur des cœurs dignes;

Et moi, je vous promets que vos jeux fortunés
Ne pouvaient aujourd'hui mieux être assaisonnés.
Comment vous nommez-vous? Vos noms, je veux les prendre,
Et sur ma harpe d'or au ciel les faire entendre.
Approchez, mes enfants, approchez tour-à-tour :
Car, je vais remonter à l'éternel séjour.

(Chacune dit son nom à l'oreille de l'ange qui écrit sur son
album.)

L'ANGE , *après avoir fermé son album , continue :*
Vous êtes douze. Allons , chacune sa série !
Et puis , pour trésorière acceptez Eugénie.

TOUTES.

Oui; bel ange.

L'ANGE.

A genoux ! Il faut nous dire adieu.
(L'on se met à genoux.)
Enfants, je vous bénis. Au revoir devant Dieu.
(L'ange sort : on se relève.)

SCÈNE IV.

LES MÊMES, EXCEPTÉ L'ANGE.

ANNA.

Quel prodige !... Ma sœur, que ta victoire est belle?

EUGÉNIE.

Le Seigneur a voulu réchauffer notre zèle.
C'est à nous, à présent, de prouver au Seigneur

Que la reconnaissance anime notre cœur.

Essayons pour cela de devenir Apôtres :

L'ange a pris notre nom , prenons celui des autres.

Chacune sa série ! A ce désir si beau

Il m'en souvient, mes sœurs, vous avez fait écho.

ANNA.

Oui , oui , je te promets de remplir ma douzaine.

TOUTES.

Et moi , de même.

EUGÉNIE.

Bon : mon affaire est certaine.

Enfants , puisque vos cœurs battent pour les Chinois,

Pour eux faites aussi résonner votre voix.

Louise , apprends-nous donc la douce mélodie

Que tu dois nous chanter à la cérémonie.

Nous la répéterons à nos aimables sœurs :

C'est le plus sûr moyen de triompher des cœurs.

Louise entonne le cantique de la STE-ENFANCE :

Écoutez du fond de la Chine.

Le chœur lui répond , en reprenant toujours le dernier vers.

FIN.

Avignon, typ. Jacquet, rue St-Marc, 22.

La collection de Dialogues que nous offrons au Public se compose de huit numéros distribués en quatre Cahiers, format in-12, dans l'ordre suivant :

Ier CAHIER.

I. Pour une visite pastorale.
Euphémie ou le Compliment improvisé.
II. Pour la Sainte-Enfance.
Eugénie ou le Zèle victorieux.

2e CAHIER.

III. Avant une fête mondaine.
Lisette ou la Mauvaise Compagne.
IV. Après une fête mondaine.
Juliette ou la Danseuse.

3e CAHIER.

V. Pour une réception de Congréganistes.
Angélique ou les Avantages de la Congrégation.
VI. Pour une distribution de diplômes.
Clémentine ou les Membres d'honneur.

4e CAHIER.

VII. Pour une réception de Congréganistes.
Ambrosine ou la Mauvaise Congréganiste.
VIII. Pour l'inauguration d'une bannière.
Joséphine ou la Vente de charité.

———

Chaque cahier se vend séparément, au prix de 30 centimes. (35 c. par la poste.)

Les quatre cahiers réunis forment un joli volume in-12, de plus de 100 pages, qui se vend 1 fr. (1 fr. 10 c. par la poste.)

On reçoit franco, par retour du courrier, toute demande qui parvient affranchie et qui renferme le montant, soit en mandat de poste, soit en timbres-poste.

EN VENTE, à la même Librairie, assortiment choisi avec soin, chez les meilleurs Éditeurs et dans les Maisons les plus recommandables, des livres et objets suivants :

1º *Livres élémentaires d'éducation et d'enseignement*, pour Salles d'asile, Écoles primaires, Pensions et Couvents. — Matériel des classes. — Papeterie et fournitures de Bureaux ;

2º *Livres Français, Latins, Grecs, Italiens, Anglais, Allemands, Espagnols*, pour l'enseignement des Lycées, Colléges, Séminaires et Institutions. — Instruments de mathématiques et d'arpentage.

3º *Livres de Piété et de Liturgie.* — Paroissiens de luxe et ordinaires ; Heures, Hymnaires, Bréviaires et Missels de Paris et de Malines. — Bijouterie et Imagerie religieuse. — Chapelets et Médailles. — Christ d'ivoire et plastique. — Souvenirs de première communion. — Médaillons de piété, etc.

4º *Livres de Littérature et de Connaissances utiles* pour Bibliothèques catholiques et des Paroisses. — Agriculture, Droit, Médecine, Pharmacie, Architecture, etc.

5º *Livres pour Distribution des Prix, Étrennes, Cadeaux et Récompenses*, dans les Écoles et les Familles. — Sphères et Globes géographiques. — Imprimés et Reliures, de luxe et ordinaires.

Commission : Deux courriers, par semaine, par grande vîtesse ; pour Paris.

N. B. On est prié d'affranchir toute demande par la poste ; on reçoit tout franc de port, à court délai.

Avignon, imprimerie de Jacquet, rue St-Marc, 22.